볕이 드는   *
집을
좋아합니다

창문 하나가 그렇게나 소중하던 때가 있었다.

한 달 동안 창문이 있는 방에 사는 것과 창문이 없는 방에서 사는 것의 차이는 단돈 3만 원.

그러니까 나는 한 달에 3만 원이 궁하던 대학 시절을 보냈던 것 같다. 그런데 신기하게도 그 시절의 기억은 그렇게 치열하거나 비참하진 않았다.

학교생활보다는 아르바이트에 힘썼고, 힘들게 일해서 번 시급은 친구들과 시시콜콜한 이야기나 하며 싸구려 술을 마시는 데 탕진했다.

그 매일 밤이 뭐가 그리 즐거웠을까 싶다가도 그 덕에 여전히 가끔 웃는 나를 발견하며 좋은 시간이었다고 생각한다.

종종 나보다 잘난 친구들의 배경 따위에 스스로 초라해지기도 했지만, 잠시뿐, 내가 어쩔 수 없는 것들에 대해서는 그리 오래 생각하지 않는 습관 탓에 정치인이 되려는 생각은 하지는 못했나 보다.

어쩌면 내 인생에서 가장 가난했을 시기.

같은 시급을 받는 빵집 언니들과는 종종 우리가 '언제까지 이 일을 하고 있을까'를 아주 가벼운 슬픈 심정으로 이야기하곤 했지만, 그 이야기가 그리 심각하지도 인상 깊지도 않았다.

우리는 인간적인 빵집 사장님을 좋아했고, 생각보다 바쁘고 잔일이 많은 빵집 일을 통해 세상을 배웠으니, 최저 시급이 문제라는 걸 알면서도 최저 시급 언저리의 삶인 우리의 삶이 그리 불만이진 않았던 모양이다.

그 시절 가장 인상 깊었던 이야기는 나와 같은 시급을 받는 언니가 그 돈으로 인도 배낭여행을 다녀온 이야기이다. 일하는 시간대가 다른 파트타이머들이 그 언니가 가게에 오는 시간대면 집에 가는 것도 잊고 매대에 모여들어 이야기를 들었다. 나도 아르바이트를 하는 데 목표가 생겼다.

'돈을 모아 인도 여행을 가야지.'

결국 인도는 여태껏 가보지 못했다.

그리고 10년이 지난 지금도 인도는 여전히 그저 꿈의 나라일 뿐이

다. 어쩌면 그래서 이 집을 샀는지도 모르겠다.

어차피 어른이 된 이후의 삶이란 숨만 쉬고 사는 데도 돈이 들어가는 일이라, 나는 그때의 그 언니를 동경하는 마음으로, '인도 여행'을 가는 마음으로 이 집을 산 것 같다.

평생 꿈으로만 남겨두고 싶진 않아서 말이다.

이제 인도 여행은 가고 싶지 않다. 아마 세상 물정 모르던 여대생이었던 그때의 내가 낭만으로 경험할 수 있는 것들이 이제는 불편한 것이 되어 내 상상 속의 인도를 망쳐 버릴까 봐 가고 싶지 않은지도 모르겠다. 솔직히 이제는 그럴 돈과 여유가 있으면 휴양지로 떠나고 싶은 마음이다.

나는 그때보다 나이가 들었고, 이제 월 3만 원에 벌벌 떨지 않으며, 다행히 영어 못하고도 잘 사는 직장인이 되었고, 어쩌다 시골에 집을 사서 팔자에도 없는 유명세(?)를 치르고 있다.

'그때만 할 수 있는 것들.'
이 말이 새삼 그립게 느껴지는 어느 날이다.

이 집이 나에게는 '인도'다.

예쁘게 살고 싶어요
예쁘게 산다는 건 어떤 건지,
이제 고민해 보려고요
홀로 맞이하는 아침마다 그 답을 다시 찾아요
서울에서는 도저히 나를 아끼는 법을 모르는
나 때문에 여기 왔어요
그대로 앞만 보고 살다가는
나중엔 돌이킬 수 없을 것 같아서
강제로라도 나에게 집중하기 위해
이곳에 왔어요
그러니까 이곳은 저에게
'시험 기간 독서실' 같은 곳이에요

* **잠이 많은데 이상하게**

동틀 녘을
좋아하는 그런 사람

이곳에 오고 나서 초저녁잠이 많아진 탓일까?
이른 아침, 밝아 오는 평야를 보는 것을 좋아합니다.

대부분의 날은 논 한가득 안개가 짙게 깔리거나, 가끔은 불그스름
하게 색이 제빛을 찾아가는 모습을 보여주는데, 그 처음을 보면서 함
께 아침을 시작하는 것을 좋아하는 편입니다.

특히, 겨울 동안 비어있는 집 앞 논을 보고 있으면 시간이 멈춘 것
같습니다.

땅도 쉬고 있어요.

우리 집 앞 논은 이 여사님 댁 논인데,

이 여사님 댁은 일 년에 한 번 농사를 짓습니다.

이게 무슨 말이냐면 다른 논에서는 가을 겨울 사이 논이 비어있는 게 아쉬워 보리를 키우는 곳이 많은데, 이 여사님 댁은 일 년에 딱 한 번 논농사만 짓는다는 말이에요.

그래야 쌀이 더 맛있대요.

땅도 쉬는 시간을 줘야 더 좋은 쌀을 준대요.

처음엔 다른 논들에서 일찌감치 푸른 보리싹이 올라올 때

비어있는 이 여사님 댁 논이 괜히 허전했는데,

어제 리본을 따라나섰다가 만났어요.

부지런히 일곤이 아저씨가 뒤집어 놓은 땅들 사이로

봄볕에 숨 쉬듯 아지랑이가 피어오르는 빈 논을요.

지난겨울 사이,

논이 푹 잘 쉬었나 봅니다.

저는 아마 이곳에 와서 매일같이 쉬며 살아가는 것을 연습 중인 것 같습니다.

정말 매일같이 쉬는 것을 까먹고 무리한 일과를 강요하는 자신에게 옆집에서, 집 앞 논에서 제대로 사는 법을 시시각각 일러주고 있습니다.

봄에 보리, 가을에 벼.
두 번이나 수확한다면야 논을 쉬지 않고 놀린 셈이 되겠지마는, 어느새 나는 생산성 높은 삶보다는 자신에게 고마운 삶을 살고 싶은 사람이 되었습니다.

자전거를 타고 사무실로 출근하는 길, 숨 쉬던 빈 논에서 본 것과는 다른 초록 보리들이 알려주는 봄을 맞으며 사무실에 도착하면, 커피 한 잔 내려 마시며 나도 한숨 돌려야겠다고 생각하는 아침입니다.

동틀 녘부터 혼잣말을 이제 마치고 머리를 잠시 비울 생각입니다.

'쉽게 허락해주어 고맙다.'

*

서 울 에　　　　다 녀 오 면　　　　드 는　　　　생 각

서울에 갈 일이 많아졌습니다.
아무래도 성공적인 유튜버가 되었기 때문인 것 같습니다.

도시가 싫어 도망치듯 떠나온 지 1년이 다 되어 가는데, 다시 서울
을 오갈 일이 잦아진 게 싫지는 않고, 또 이왕 간 김에 두 손 가득 이것
저것 사 오는 저를 보며 정말 모순의 극치라 생각하는 하루입니다.

어쨌든 서울은
사람도 많고, 차도 많고
살 것도 많은 그런 요지경 세상.

서울에 다녀올 때마다
시공간을 뛰어넘는 터널을 거치듯
고속도로 세 시간 삼십 분을 통과의례로 거쳐야 하는데,
그 길 위에서의 제가 왜 이렇게 사랑스러운지요.

요즘은 김제에서는 서울 사람,
서울에서는 김제 사람으로 사는 덕에 새삼 외로워진 마음이 들어
그 길 위에서 가상 연애를 하는 오느른입니다.
특히, 밤길 운전에 가장 즐거운 놀이를 소개하려는 겁니다.

집으로 오는 길에
따라 부르기 쉬운
세상 슬픈 이별 노래를 트는 겁니다.

보통 이별 노래는 가창력이 필수인데,
어찌 되었건 혼자 있는 차 안에서
세상 슬픈 표정을 지으며 한참 노래를 따라 부르다 보면
어느새 집에 도착해 있습니다.
어느새 얼굴은 웃고 있습니다.

진짜 웃기거든요.

세 시간 반 사이, 마음은 이별 백 번은 한 느낌.

실제로 중간에 한 번은 눈물도 흘렸던 것 같습니다.

사귄 사람 없는데 가상 이별을 통해

'아, 연애와 이별이 이런 느낌이었지.'

새삼 기억하며 뿌듯해합니다.

정말 꾸밈없이 말하자면,

바쁜 요즘, 이런 말도 안 되는 생각을 하며 하루를 보냅니다.

아, 사실 처음 하고 싶었던 말은 서울에 다녀올 때마다 드는 생각이

있는데, 서울은 정말 시끄럽다는 말이었습니다.

차의 시동을 끄고 내릴 때면 나만의 콘서트장이었던 시공간이 순식

간에 조용해지는데, 제가 노래하지 않아서 조용해지는 게 아닙니다.

정말 적막할 정도로 조용한 시골에,

그곳에 250km를 시끄럽게 달려온 자동차 엔진이 식는 소리,

바스락바스락 자질구레한 짐들을 꺼내는 소리,

그리고 저를 반갑게 맞이하는 총 여덟 개의 촐싹대는 발소리에 초

에 수십 번은 움직이는 것 같은 꼬리 소리에 낑낑대는 소리까지 없어
지면 드디어….

집에 온 겁니다.

조용한데 북적북적, 즐거운 나의 집입니다.

한숨 크게 들이쉬고 집 냄새를 한껏 맡으며 이제 들어가 봐야겠습
니다.

좋은 밤입니다.

만약   *
혼자

싸우고 있는 느낌이 든다면

만약 아직도 이 책을 읽고 있는 사람 중에 세상이 자꾸 나를 속이려 하고 상처 주는데, 거기에 길들고 싶지 않아 정직하려 노력하고 진심으로 살아가는 자신이 바보 같고 지쳐 가는 누군가가 있다면 분명 그 순간이 지나고 나면 그런 상황은 아닐 텐데, 자꾸만 혼자 싸우고 있는 느낌이 든다면….

그런 사람이 어쩌다 운 좋게, 또는 시간이 남아돌아 이 글을 모두 읽고 이 페이지까지 읽고 있다면 적어도 그런 마음으로, 서럽고 억울하고 혼란스러운데도 여전히 옳게 살아야 한다는 마음으로 버티고 있는

사람이 본인 +1명은 있다는 것을 알아주시길.

분명 인생에서 행복하고 밝은 순간 역시 즐길 줄 알지만은, 끝없이 찾아오는 답 없는 우울함이 여전히 무서운 것도 본인 +1명은 있다는 것을 알아주시길.

사실 아직 왜 살아야 하는지 잘 모르겠지만, 살아야 하는 이유를 모른다고 흐르는 시간이 멈춰서 날 기다려주지 않으니, 아마 이 강물 저 위에서 내려다보면 모두 다 매가리 없이 떠내려가는 것 같겠지만, 떠밀리듯 떠내려가듯 삶을 살면서도 방향을 잡아보겠다고 나름 저항하는 사람들이 꽤 지척에 있다는 것을 알아주시길.

혼자라고 생각하고, 이 물이 얼마나 깊은가 생각하면 무섭고 막막하지만 옆에 나랑 같은 짓을, 어쩌면 의미가 없을 수도 있는 허우적거림을 같이하고 있는 누군가를 보면 슬픈 와중에 웃기기도 하다는 것을 기억하시길.
하다못해 그 웃음이 가끔은 슬픔을 이기기도 한다는 것도 잊지 마시길.

어쩌면 너무 힘들었던 어느 날,

유튜브라는 요즘 사람들의 놀이터에서, 그러니까 그냥 사람 많은 광장에서 미친 척 소리치듯 나 혼자만 이러고 사는 것은 아니라는 것을 확인받고 싶었는지도 모른다.

그리고 나는 지난 1년간 그걸 확인했기에 조심스럽지만 확실하게 말할 수 있는 것, 이 답도 없고 말도 안 되는 시대를 같이 살아가는 사람들이 있다.

잘 살고 싶은 마음에 뭐가 잘 사는 건지도 모르면서 매일 넘어지면서 다시 일어나 처음부터 시작하는 사람들이 있다.

나 말고도.

적어도 나 혼자는 아니라는 것을 알게 된 것.

그게 1년간 내가 얻은 뿌리.

*

배추 뽑는 게

좋았어요

누군가 집을 고치면서 제일 즐거웠던 경험이 뭐냐고 묻는다면,
오늘은 배추 뽑는 게 가장 좋았다고 대답할래요.

그날 정말 좋았거든요.
해는 내리쬐고 바람이 파도처럼 부는데,
바람 타고 비 냄새가 온 평야를 감싸는 거예요.
네, 습했다는 얘기에요.

날씨가 그랬으면 짜증이 날 법도 한데,

배추를 뽑는다는 핑계로
이리로 쓰러지고 저리로 넘어지는 사이로
혼자 얼마나 웃었는지 몰라요.

모르겠어요.
엉덩방아를 찧고 이렇게 창피하지 않았던 적이 얼마 만인지,
온몸을 써서 이렇게 말도 안 되는 싸움을 해본 게 얼마 만인지.
카메라엔 분명 내 엉덩이만 찍힐 텐데, 뭐 어때 하는 마음은 처음이
었죠.

어렸을 때 방방을 탔던 기분이 딱 이랬는데.

그런데, 난리를 치는 제 뒤로는 동네 친구 1호가 있었거든요!
저를 신기하게 보던 그 동네 친구가 이제 제가 앞에서
별 쇼를 다 해도 그냥 무심코 보고, 하던 일을 계속하는 거예요.
진짜 어린 손주 노는 거 봐주는 할아버지처럼 말이죠.

그냥 옆에서 한여름에 장작 톱질을 하시더라고요.
그 넓은 배추밭의 배추들을 혼자 다 뽑을 때까지 말이에요.
이상하게 내가 배추를 다 뽑자 그때야 톱질을 멈췄어요.

그날 나 정말 많이 웃었는데,

그런데 지금 그날을 생각하면 마음 한편이 시큰해요.

이제야 알았나 봐요.

내가 얼마나 부담에 치여 살았는지,

그 순간 얼마나 큰 해방감을 느꼈는지 말이에요.

*

해보지 않으면   **모르는**
                                           것들

이른 새벽, 집에서 만난 아침 해.

우리 집은 해돋이 맛집이에요.

낡은 집에 묻은 해그림자가 너무 예뻐 괜히 뭉클해지는 아침.

바쁘다는 이유로 놓쳐버린 일상의 풍경이 얼마나 많을까?

이제 아침이랑도 친해져야겠다고 생각해보는 아침.

이 집을 몰랐다면 어쩌면 꽤 오래 몰랐을 것들.

처음 동네 친구와 인사를 나눈 날,

칠십 년 전에 이곳에 이사 오셨다는 95세 아버님께서

"한집안 식구나 마찬가지여.

무슨 일이 있으면 나도 거들어주고 나한테 무슨 일이 있으면 또 이

집에서 거들어주고. 그게 사는 것이여."라고 말씀해 주셔서 참 고마웠
는데….

일주일에 한 번씩 오는 저를 반가워해 주시는 동네 친구들을 만나
면 무척 좋아해 주셔서 금방 힘이 나기도 했어요.

이곳이 편해진 나만큼이나 내가 익숙해진 동네 친구들과는
이제 일상을 나누는 사이예요.
아니… 이제 말없이 집을 맡기는 사이예요.

봄이에요.
태어나서 처음으로
바람에 살랑이는 보리를 봤어요.

고추 심는 법도 배웠어요.
살살살 흙 부어 꾹꾹 눌러주기를 하다 보니 꽤 재미있어요.
손에 닿는 흙이 따뜻해요.
우리 집에도 고추나 심어 볼까?
그래서 바로 고추 모종을 사 왔습니다.
서울에서는 덥다, 춥다밖에 있을 일이 없었는데,
이곳은 계절마다 해야 할 일이 있어요.

봄에 무언가를 심어야 자라나는 걸 볼 수 있어요.

호미랑 삽은 옆집에서 빌렸어요.

빨리 하나 사야겠어요.

서울에서는 할 줄 아는 게 좀 있었는데,

이곳에서는 모든 게 서툴러요.

저는 어지간하면 도움이 잘 안 돼요.

그런데 그게 참 마음에 들어요.

잘 못 하는 나,

그래도 되는 이곳.

어느새 잡초를 뽑는 게 중요한 일상이 되었습니다.

내 손에 아메리카노가 아니라 호미가 들려 있다니, 신기해서 웃음
이 나요.

복잡한 마음은 호미 소리에 묻혀 버리고 후련함과 개운함이 느껴지
는 게 꼭 운동한 것 같기도 해요.

아빠는 잔디 심기가 재미있대요.

아침 일찍부터 해 질 때까지

마당에서 온종일 분주해요.

힘들다면서 재미있대요.

서울에선 무기력한 아빠에게 속상했는데,

이젠 아빠가 잘 안 쉬어서 짜증이 나요.

아빠가 안 쉬면 저도 같이 움직여야 할 것 같거든요.

그래서 하루하루 마당이 모양을 갖춰 나갑니다.

쉬고 싶어서 온 집…

본격적으로 농사를 지을 생각은 없었지만,

그냥 한번 심어 보고 싶었어요.

이 집에 드디어 다른 식구들이 생겼어요.

그리고

집 앞 풍경 속엔 꼭 동네 친구가 있어요.

바람을 견디는 중인 열매들도 숨어 있어요.

＊ 좀

더

나은 어른이 되는 법

고양이 쫓던 효리가 요란히 짖던 날,

생애 첫 김장은 너무나 성공적!

비주얼 충격, 빨간 맛!

이때 먹은 김치 맛을 다시 느낄 수 있다면

저는 올해도 기꺼이 농사에 영혼을 팔 생각입니다.

이 여사님이 인정하는 이 여사님 댁 김장보다 더 잘된 김치.

이 여사님 하는 거 곁눈질로 배워 따라 한

이것이야말로 진정한 홈 메이드.

배추와 무의 탄생부터 함께한 자식 같은 김장.

자식 같아서일까? 아낌없이 입속으로…!

여기에 장작불에 푹 삶은 수육까지 함께하면
하… 오늘부터 제가 제일 좋아하는 음식은
김장 김치와 수육으로 하겠습니다.
잔디밭에서 자란 갓을 넣은 게 신의 한 수!
배추는 달달하고, 갓 덕에 칼칼한 맛이!
젓가락을 멈출 수 없게 하는 맛입니다.

이 마을은 참 이상해요.
김장하는 사이 옆집 친구가 우리 집 잔디밭 김 매주는 마을.
내 집보다 더 맛있게 남의 집 김치 담가 주곤
쿨하게 담 넘어서 퇴장하는 친구가 있는 마을.
그런 마을의 전통 아닌 전통을 저도 따라 해보았습니다.
김장을 하면 한 포기씩이라도 이웃에게 나누는 것.
그 덕에 사실 이미 우리 집 냉장고도 각기 다른 맛의 다른 집 김치로
포화 상태예요.
사실 어머님들이 주신 것만으로 먹을 김치는 충분해서
김장하지 않아도 되는 그런 마을.

"어! 어머님 댁에 김치 두고 왔어요!"
사실 이 동네 어른들을 따라 해보고 싶어 담그게 된 김장 김치.

이 여사님이 80%는 담근 김장 김치로 생색내고 돌아오는 길.

아, 다 모르겠고 뿌듯하고 기분이 간질간질.

더 나은 어른, 더 나은 이웃이 되는 법을

오늘처럼 배워 갈 겁니다.

모두가 나른해지는 겨울 햇살,

내가 여기서 메주를 만들고 김장 김치를 담그고 있을 줄 알았냐고!!

항상 일과가 예상을 벗어나다 보니,

이제 여기에 적응할 것 같은 오느른입니다.

아직 사소한 것도 소중히 다루는

이곳의 어른들에게 오늘도

삶의 기술을 전해 받았습니다.

이상하게도 아무런 이유 없이 좋습니다.

*   이 곳에서

봄을

다시

                              맞이하게 될 줄이야

어쩌다 보니 나이 차이 여덟 살의 이복 자매견들과

시골에서 함께 살고 있습니다.

우리 집 막내 리본은…

태어나 처음 봄을 밟아 봄.

아마도 질퍽거리는 재질…

자꾸 눈이 감기는 게

온몸으로 봄을 느끼는 중인가 봄.

겨울이 가는 중,

봄은 오는 중.

아빠도 오는 중?

나른하게 졸고 싶지만,

지난겨울 약속한 게 있어요.

봄이 오기 전 대청소하기로 했습니다.

어른이 여러분들이 〈오느른〉을 사랑해주신 덕에

지난 11월부터 1월까지 의미 있는 프로젝트에 참여했어요.

제목은 바로 2020 고3 수험생 문화예술 교육 '상상만개',

이 시국에 큰 시험을 보느라 고생한 고3 친구들을

응원하고 위로하는 좋은 프로젝트였습니다.

오느른은 상상만개 사무국에서 뽑은

16명의 문화예술가 중 한 명으로 참여하여

어여쁜 봄들을 만나게 되었습니다.

아이들에게 한 가지 미션을 추천할 자격으로

추천하게 된 게 바로 청소 브이로그!

아이들은 각자 정리하고 싶은 공간을 정리해 공유해 주었는데요.

아이들이 보내준 사진과 영상을 보면서

잊고 지냈던 그 시절의 고민과 또 나음의 발랄함이 느껴졌습니다.

나는 편지를 주고받는 걸 좋아합니다.

 말로 하기 부끄럽거나 어려운 것들은 글로 적으면 전하기 더 쉬운

것 같아요.

좋은 친구들과 함께한 10대.

아이들이 10대를 정리하는 소중한 순간을 공유해 주었으니,

이제 제 차례입니다.

봄맞이 대청소 DAY!

작년 내내 말할까 말까 고민했는데,

이제 이 정도는 모두에게 말할 수 있을 것 같아요.

브이로그 1년 전부터 꾸준히 받아 왔던 '심리상담'.

30대, 뒤늦은 사춘기를 겪던 제게는 큰 도움이 되었는데요.

어쩌면 그 덕에 이곳에 와서 살고 있는지도 몰라요.

상담 선생님이 말씀하시길,

"어른이란 자기 자신의 보호자가 되어,

어릴 때 다른 어른들이 해주던 역할을 자신에게 해주는 것,

자기 자신을 보살필 줄 아는 것, 그게 어른이야."

그때부터였던 것 같아요.

내가 나를 위해 뭘 해줘야 할지 몰랐을 때는,

내가 있는 곳을 청소하기 시작했던 때가

그러면서 나도 잘 모르던 나를 발견하곤 했어요.

이 좋은 방법을 나는 너무 늦게 알아서

혹시 모를 수도 있는 친구들에게 알려주고 싶었어요.

솔직하게 제 생각을 나누다 보니

아이들에게 하고 싶은 것을 먼저 말하기 시작했어요.

이렇게 만나게 된 친구들이 '노래를 만들고 싶다'고 음악 하는 친구
들도 있고,
글 쓰는 친구도 있고,
다양한 능력자들이 있어서 그게 가능하더라고요.
그렇게 우리는 만난 지 두 시간 만에
아이들은 각자의 '오늘'에서 의미를 찾아
가사를 입힌 노래를 만들었습니다.
저는 분위기 타서 한 약속대로
그 노래를 받아 브이로그를 만들고 있고요.
평균연령 20.5살의 소녀들이 만든 노래⋯

반짝이는
오늘

바람이 불어오고, 햇살도 따스하게 비추는
나의 오늘은
매일 그랬듯이 삶을 함께하는 이들의
안부를 물어
거친 파도를 감싸는 태양처럼
지독한 하루 속에서도 행복을 찾아
길었던 추위도, 눈물 흘린 어제도
이겨냈잖아
내 앞에 펼쳐진 무한대의 오늘들
오늘의 오늘이 지나면 또 다른 오늘이
내 앞에 펼쳐진 무한대의 오늘을
한 치 앞도 모르지만, 웃으며 또 웃으며

각자의 땀과 열정이 모여

오늘을 또 오늘을 살아갈 수가 있어

반짝이는 오늘을 만든 거야

그보다도 빛났던 우리의 노력에

걱정 마 걱정 마 아픔을 두려워 마

새하얀 눈송이가 우릴 안아줄 거야

눈부시게 하얀 그 세상이 우릴 웃게 할 거야

내 앞에 펼쳐진 무한대의 오늘들

오늘이 지나면 또 다른 오늘이

내 앞에 펼쳐진 무한대의 오늘을

한 치 앞도 모르지만, 웃으며 또 웃으며

바람이 불어온 햇살이 따스하게 비출 거야

너는 저 창밖의 수많은 별 속에서도 빛나니까

작사 · 작곡 · 노래_ 이서영
가사 도움_ 상상만개 ISFP 친구들 모임

이곳에서 봄을 다시 맞이하게 될 줄이야.

눈이 오도록 지지 않는 꽃이 있고

눈 속의 초록이 예쁜 걸 알게 될 줄이야.

그리고 무엇보다, 겨울을 버틴 파와 마늘이

달고, 맵고, 비싸다.

청소하다가 김을 뜯어 먹으면서 결심했습니다.

지킬 자신이 없어 계속 미뤄 왔지만,

이제 이 집에서 인스턴트는 없습니다.

(사무실에서는 먹을 거예요. 안 먹는다는 거 아닙니다.)

사놓고 몇 달째 뜯어보지도 못한

가정용 재봉틀도 꺼내 놓습니다.

이번 봄엔 정말 하고 싶었던 것들을 해볼 거예요.

바늘은 무섭지만, 재봉틀은 해보고 싶거든요.

다시 3월,

내 인생이 어디로 갈지 나도 모르지만, 한번 가보려고요.

이렇게 살아도 생각보다 별로 망하지는 않더라고요.

예쁘게 웃어주는 것만으로도 되려 나에게 큰 위로와 힘이 되어주었
던 친구들, 이번 봄, 곧 오피스가 완성되면 만나.

저 창밖의 수많은 별 속에서도 빛나는 너희들, 고마워.

*   오느른

                                         사무실
                                         임대했습니다

사무실을 구했습니다.

1년 연세 300만 원에 2층 상가주택을 통째로 임대.

일단 해가 잘 들면 좋아하는 편.

삼거리, 앞이 훤한 게 뭔가 마음에 듭니다.

2층은 서울에서 출장 오는 사람들의 숙소로 딱입니다.

로망의 루프탑까지.

이곳은 이제 오느른 오피스로 다시 태어납니다.

이곳에서 한 계절이라도 더 버티기를 간절히 바라던 때가 엊그제

같은데,

막상 사무실까지 구해 놓고 나니

'내 평생 여기 사는 건가?' 하는 생각에 덜컥 겁이 나요.

완전히 이곳 사람도 아니고,

그렇다고 이제는 서울 사람도 아닌

나 혼자 살짝 다른 차원의 세상에 갇힌 느낌!

아무래도 겨울을 타고 있나 봐요.

사실 이 공간도 우리 집처럼 한동안 주인이 없던 공간,

그래서 싸게 구할 수 있었지만,

왠지 버려진 공간을 보면 마음이 쓰여요.

한때 이 마을에 아이들이 많을 때는 피아노 교습소였던 이곳.

벽에는 여전히 아이들의 수다로 가득합니다.

왜 서울에서부터 낡은 집을 좋아했는지

이제야 조금은 알겠어요.

남겨진 누군가의 흔적이 가끔은

나 혼자만으로는 약간 심심한 일상을

지루할 새 없이 채워주는 느낌이에요.

아마 이곳에서도 지나간 사람들의

한 번뿐이었던 순간들을 상상하면서

오랜 시간을 보내게 되겠죠.

시간의 흔적을 함부로 지우진 말아야겠어요.

사무실이 좋은 공간이 되도록
열심히 고민할 거예요.
〈오느른〉을 시작하고
나를 아무 조건 없이 믿어준 사람이 꽤 많이 생겼거든요.

이 여사님 말씀처럼,
벼를 베고 난 논은 쓸쓸해 보여요.
참 다행인 건 보리가 있다는 거예요.
다 지고 난 겨울에도 초록은 있어요.
나도 다가올 봄을 준비하는 논이 되어야겠다.
덜컥 겁이 나 울적해진 겨울날,
어린 보리 앞에서 마음껏 청승 떨어봤습니다.

재미있는 걸 부지런히 많이 하는
그런 시간, 그런 오피스가 될 겁니다.
텅 빈 출근길이 언젠가는
조금 더 활기차지기를 기대하면서
시간이 멈춘 것 같은 마을, 이곳에서 봄을 준비하고 싶습니다.

*

이 곳 이

우리 모두에게 봄볕 가득한 한낮이 되어주길 바라면서

김제에 처음 온 지 거의 1년 만에

주거 공간과 업무 공간이 분리되었습니다.

텅 비어 있던 곳을 바꾸었습니다.

오느른 취향대로 말이죠.

비싼 돈을 들인 건 아니지만,

오피스도 구석구석 따뜻한 햇볕이 한가득.

사무실이지만 아기자기하게.

휑하던 벽을 예쁘게 채워준 문짝 바 테이블,

사실 테이블 상판은 2층의 작은방 문짝이에요

목수 아저씨들이 작업 공간을 확보하시느라

문짝을 떼어 임시로 올려놓으셨는데,

그게 너무 예뻐 보이더라고요!

"사장님, 이거 테이블로 만들면 어때요?"

"이렇게 다리 똑같이요."

맨날 이상한 거 만들어 달라고 하는 단골이 오늘도 여지없이 이상
한 주문을 합니다.

멀쩡하다가도 하나에 꽂히면 고집 센 편입니다.

지상파 PD가 전수하는 설득의 기술로 무릎을 꿇고,

(상대방의 정면이 아닌 다른 쪽으로 꿇는 게 포인트!)

나한테 꿇은 건지 아닌지 헷갈리게…

상당히 적극적이고 절실해 보이는 효과가 있어요.

결국 줄자 꺼내셨습니다.

'그렇게 문짝으로 꽤 오래 살아온 친구야,

이제 다른 삶을 살아보는 거야.'

뚝딱뚝딱하시더니 벌써 튼튼한 몸체 완성!

목공은 참 좋은 기술인 것 같습니다.

마지막까지 꼼꼼히 대패질해주시고

문짝을 엎어 고정하면 완성!

신기합니다!

앞으로 이 자리에서는 책 보는 척하면서 멍때릴 예정입니다.

잘 부탁해.

이 자리는 오느른 오피스의 얼굴 같은 공간.

공사 기간에는 통곡의 벽이었던,

제가 뜯고, 보다 못한 카메라 감독이 뜯어보고

곱게 자란 준 PD가 와서 도와주는데…

내 멋대로 시작한 일을

내 일처럼 도와주는 사람들이 있어서

덜 외로웠던 지난겨울,

벽 상태가 너무 안 좋아 마감재를 선뜻 못 고르고 있는데,

인테리어 좀 한다는 사람은 다 아는

윤현상재에서 오느른 오피스에 어울릴 만한 타일을

직접 골라 선물해 주셨습니다.

이 귀여운 타일로 수십 겹의 곰팡이가 가득했던 벽이

언제 그런 적 있냐는 듯 예쁘게 다시 태어날 거예요.

반 셀프로 집을 고치면서, 또 시골살이하면서

알게 된 진리가 하나 있는데요.

요리든 인테리어든 뭐든 본격적인 일을 시작하기 전에는

우리가 잘 모르는 숨겨진 밑 작업이

훨씬 더 어렵고 시간도 오래 걸립니다.

3일 동안 벽지를 뗐으니, 타일은 기쁜 마음으로

소꿉장난하듯이 붙일 수 있어요.

드디어 완성!

왠지 여름에 더욱더 예뻐질 것 같은 느낌이에요.

이상하다. 뭔가 잘못된 거 같은 슬픈 예감….

윤현상재에서 알려준 사이즈와 다른 흰색 타일이 벽에 붙어있어요.

알고 보니 2층 화장실 타일과 1층 타일이 뒤바뀌어 버렸습니다.

'그래서 타일 줄이 안 맞는 거구나.

내가 잘못 봤겠지, 뭐.

그런데 난 이게 더 예쁜 것 같아.'

그렇게 오느른 오피스에는 옥에 티가…

아니, 오느른스러움이 진하게 묻어있습니다.

*

카페
아닌

카페
같은

서울 부암동, 제가 20대를 보냈던 곳.

2층은 제가 지내던 곳, 1층이 카페였죠!

그런데 1층 카페 언니한테 오랜만에 연락이 왔어요.

카페 가득한 소품과 가구를 급히 처분해야 한대요.

이 카페에서 아르바이트도 했었는데… 아쉽긴 뭐가 아쉬워!

제 스물여섯, 스물일곱의 추억이 가득한 가구들.

김제로 모두 가져갈 겁니다.

부암동 1mm 카페 전 사장님, 감사합니당.

사무실 가구 걱정 없겠어요.

아, 이렇게 되면 사무실이 아닌가?

이렇게 카페를 하게 되려나요…?
카페 주인이 살짝 어울리는 것 같기도 해요.

그래서 또 힘차게 벽지를 뜯고 있습니다.
시골 낡은 집, 벽지 뒤에 문 숨어있는 건 이제 크게 신기하지도 않아요.

요즘 촬영감독님들과 그런 이야기를 해요.
"아… 이거 라이브구나."
내가 하고 있는 게 내 인생 라이브 중계였어….
내 인생 이렇게까지 흘러가도 되나?
고민할 시기들이 저에게도 조금은 필요했어요.
시골에 집을 산 건 제 의지 맞는데,
이렇게 되는 것까지 예상했던 건 아니었어요.
보통 촬영할 땐 그냥 막 되는 대로 찍고?
편집할 때서야 부랴부랴 어떻게 할지 고민해요.
이곳에 오고 나서 인생이 막 제멋대로 흘러가는데,
그냥 즐겨야지 별수 있나가 허무한 고민의 끝.
어떻게든 되겠죠.
붕어빵을 가장 맛있게 먹는 방법은 따뜻할 때 바로 먹는 거니까,
사는 것도 그렇게 쉽고 단순하면 좋을 텐데 말이에요.

카페를 통째로 옮겨 왔지만, (아직) 카페는 아닙니다.

회삿돈으로 사무실을 차린 만큼

이곳에서 돈을 벌긴 해야 하는데, 어떻게 해야 할지,

좋은 일 하면서 돈 벌 수 있을지 고민 중인 오느른입니다.

원래 살 빼겠다고 자전거 타고 출퇴근하려고 했는데,

무리인 것 같아요….

자전거는 출퇴근이 여유 있을 때만 하기로 합니다.

이제 동네 친구분들과의 약속!

블라인드가 이렇게 걷혀 있으면 오느른 오피스 오픈!

잠깐 들어오시면 커피라도 한 잔 드릴게요.

제 핸드드립 실력이 늘면 카페를 오픈할 수 있을지도….

오늘부터 열심히 연습해 봐야겠어요.

만약 닫혀있으면 사람이 있어도 바쁘게 일하는 중입니다!

창가 책상이 바로 제 자리.

서울에서 다큐멘터리 작업하고 오랜만에 와서 정리 좀 하려고 합니다.

참 신기하죠?

사람이 며칠 자리를 비우면 그걸 어떻게 알고 금방 먼지가 빈자리
를 찾아 앉아요.

요즘 저희는 사무실이 생긴 만큼
열심히 신규 프로젝트를 기획 중입니다.
오느른 채널에서 곧 새로운 영상을
만나보실 수 있을 거예요.
여러분이 좋아하셔야 할 텐데, 설렘 반, 걱정 반입니다.

그리고 봄, 드디어 출근 준비를 하고 있습니다.
〈전원일기 ver. 2021〉 출발합니다!
2021년 오느른, 전라북도 김제에서
5월부터는 이 여사님이랑 쌀농사를 지어서 팔 거예요!
그러니까 저는 유튜버이자 피디이면서 농부인 셈….
쌀농사는… 정말 생각이 없었는데.

오느른 오, 피스

서른셋,
김제평야 한가운데서
프랑스어를 공부하는 직장인의 아침

   새해 다짐으로 마음속으로 꿈꿔 왔던 일을 실천해 보기로 했다.

   무려 프랑스어를 배우는 일.

   마음만 먹으면 외국어 배우는 일이 식은 죽 먹기보다 쉬웠던 서울에
서는 엄두조차 안 났던 그 일을 해보고 싶었다. 논 한가운데로 선생님
을 부르기는 조금 미안하니, 1년 치 학습지를 미리 주문해 놓고 알파벳
부터 익히고 있는데, 분명 이렇게 내 멋대로 익히는 프랑스어는 정작
프랑스에서는 전혀 통하지 않을 거라는 확신이 서기 시작한 순간, 피
식 웃음이 나며 이 무의미한 학습에 전에 없던 애정이 생겨 버렸다.

산다는 건 그런 것일까?

목표가 있는 삶이 나를 부지런히 움직이게 하지만, 그저 유희만 있는 순간이 나를 신나게 하는 것만 같다. 여전히 답을 찾지 못한 삼십 대 초반이라고 말하기에도 무언가 꺼림칙한 서른셋의 봄에 내겐 어쩌면 평생 쓸모없을 프랑스어를 공부(?)하고 있다.

프랑스어를 공부한다며 손을 부지런히 움직이는 머릿속 한구석에는 언젠가 전혀 나이 들지 않은, 여전히 초롱초롱하고 호기심 많은 소녀 같은 내가 파리의 어느 길모퉁이 조그만 카페 바에서 약간은 동양 여성을 깔보는, 그러나 약간은 호기심이 가는 서양인들 사이에 껴서 서투른 프랑스어로 카푸치노 한 잔 주문해놓고는 그들의 시선 따위는 전혀 상관없다는 듯 순진한 척 앙큼한 표정으로 조금씩 조금씩 그들의 일상으로 스며드는 상상을 한다.

아마도, 공부보다는 그 상상이 즐거운 일이겠지.

현실에는 없는 그 앙큼한 소녀가 손끝으로 옮겨 와 짜릿함을 전달하는 아침이다. 이처럼 지나간 현실에 약간의 상상을 곁들여 완성한 나의 아침을 쓰고 있는 진짜 나의 아침은, 아침 일찍 깨어 원고 마감에 시달리며 지난 여유 있던 흔치 않은 어느 날,

프랑스어 학습지를 펴본 그 순간을 기억하여 위의 몇 줄을 완성하고, 아빠의 부름에 소금물에 담가 놓은 메주가 썩어가는 것을 발견하

고는, 급히 이 여사님과 함께 된장을 담가 놓는 정신없는 아침이었다.

　다시 돌아와 잠옷 소매 끝 군데군데 묻은 장 냄새를 맡으며 내가 써놓은 글을 보자니, '어쭈, 꽤 행복해 보이는데, 긍정적으로 사는 사람 같은데?'라는 생각이 문득 든다.

　동시에 내가 그렇듯 모두의 현실은 비슷할지도 모른다는 깨달음과, 행복하게만 사는 사람은 어쩌면 한 명도 없을지도 모른다는 부도덕한 생각이 스멀스멀 새어 나와 찝찝하게 위로받는, 그런 아침이었다.

　어쩌면 우리는 모두 '아'와 '어'가 다른 세상 사이, '척'과 '진실' 가운데에서 단순히 그날그날의 기분에 따라 어느 날은 행복을, 어느 날은 불행을 느끼고 살 뿐일지도 모른다.

　그러면서 순간, '내 기분의 건너뜀을 인지하지 못하고 왜 나는 행복하지 못한지, 또는 아 오늘은 이래서 행복하구나!'

　금세 뒤바뀔 깨달음을 반복하며 나이를 먹는지도 모르겠다.

...

〈오느른〉이 이제는 지금까지 PD 경력 중 가장 중요한 일이 되었다. 그래서 한동안은 조회 수, 구독자 수의 압박도 받고, 솔직히 스트레스도 엄청 받았다. 그런데 이젠 그런 마음에서 좀 벗어나려고 한다. "내가 유튜버가 되고 싶었나?"라는 질문으로 한동안 고민해 봤다.

답은 '아니.'였다.

이곳에서 이렇게

해 쬐고 쉬는 시간을 가지려고 여기까지 오게 된 거지, 유튜브를 하려고 집을 산 건 아니었다. 물론 〈오느른〉의 성장은 짜릿한 기쁨을 줬지만, 그것마저도 예상치 못한 선물 같은 거였다는 걸 기억한다.

그래서 앞으로도 "적당히, 쉬엄쉬엄 천천히, 그런데 열심히 살게요."

이 말은 자꾸 까먹는 나를 위해 다짐처럼, 약속처럼 써 놓는 말이다. 한낮의 나른한 커피와 흙 묻은 발의 효리와 리본을 사랑하면서 살려고 한다.

이제야 조금 마음이 따뜻해지고 눈앞에 여유로운 봄의 한낮이 펼쳐진다.

오늘을 사는 어른들 ─

오느른

ⓒ 최별, 2021, Printed in Korea

글 | 최별

발행인 | 황외진
편집인 | 최창욱
기　획 | 원경희, 이시용
제　작 | 김윤대, 이상욱
책임편집 | 김정혜
관　리 | 김해진
디자인 | 한나영
사　진 | 김도형, 이영광, 이재철, 하림

펴낸곳 | 바림
출판등록 | 제2021-000067(2021년 4월 28일)
주　소 | 서울시 송파구 백제고분로9길 10
전　화 | 02-789-9395
팩　스 | 02-789-0197

ISBN　979-11-974704-1-7

글 최 별

한국외국어대학교 정치외교학과를 졸업한 뒤, 외주 제작사 조연출로 방송 PD를 시작하여 2013년 SBS 〈SBS 스페셜-물 한잔의 기적〉으로 얼떨결에 다큐멘터리 제작자로 데뷔하였다. 콘텐츠 기획 제작 1인 프로덕션 〈눈길〉을 차렸으나, 2016년 MBC 경력직 공채에 합격하며 창업 3개월 만에 폐업 신고하고 MBC 시사 교양 PD가 된, 태어나니까 사는, 이왕 태어났으니까 열심히 살아보는 여자 사람 PD이다.

지금은 MBC 공식 라이프스타일 유튜브 채널 〈오느른〉을 제작, 운영하며 MBC D.크리에이티브 스튜디오 PD로 재직 중이다.

인생은 '경험의 총량'이라는 데 동의하며 최대, 최선의 경험을 수집하는 데 골몰하는 편이다.

수상 경력으로는, MBC 〈기억록, 100년을 탐험하다〉로 '2019년 차세대 미디어대전' 방송콘텐츠 대상 부문 대상, '양성평등 미디어상' 최우수상(여성가족부 장관상), 〈오늘을 사는 어른들, 오느른〉으로 2021년 제33회 한국PD 대상 디지털 부문 대상 등을 수상했다.

youtube.com/c/onulun/
https://instagram.com/onulun.life/